MOUCHONS NOS MORVEUX

Paru dans Le Livre de Poche :

ARITHMÉTIQUE APPLIQUÉE ET IMPERTINENTE
GRAMMAIRE FRANÇAISE ET IMPERTINENTE
IL A JAMAIS TUÉ PERSONNE, MON PAPA
J'IRAI PAS EN ENFER
JE VAIS T'APPRENDRE LA POLITESSE…
LA PEINTURE À L'HUILE ET AU VINAIGRE
LE PENSE-BÊTES DE SAINT FRANÇOIS D'ASSISE
ROULEZ JEUNESSE
SCIENCES NATURELLES ET IMPERTINENTES

JEAN-LOUIS FOURNIER

Mouchons nos morveux

Conseils aux parents qui ne veulent plus se laisser marcher sur les pieds

DESSINS DE GILLES GAY

JC LATTÈS

Dieu a dit :
« Tu enfanteras dans la douleur. »
Le pire, dit la mère,
c'est pas l'accouchement.
C'est après.
Les trente années qui suivent.
Avant qu'ils quittent la maison.

Monsieur et Madame Dupont
ont la joie de vous faire part
de la naissance de leur fils
Thomas.

Le 15 août 1981

Tout avait commencé dans la joie

Monsieur Dupont avait rencontré celle
qui allait devenir Madame Dupont,
c'était le bonheur. Ils étaient heureux,
la vie allait être une fête, le ciel était
sans nuages...
Ils auraient pu certainement être heureux,
Monsieur et Madame Dupont, mais à deux.
Seulement voilà, ils voulaient plus,
ils voulaient un enfant. Thomas est né,
et les nuages sont arrivés.
Croyez-vous que si les parents connaissaient
l'avenir, ils utiliseraient le mot joie dans le
faire-part de naissance?

Faire-part de naissance modifiés après coup

Monsieur et Madame Dupont
ont la douleur de vous faire part
de la naissance de leur fils
Thomas.

Le 15 août 1981

Modifié le 15 août 2001,
jour où Thomas a mis dans le fossé la voiture neuve de Monsieur Dupont.

Monsieur et Madame Durand
ont la honte de vous apprendre
la naissance de leur fille Delphine.

Le 7 février 1983

Modifié le 3 juillet 2001, jour où Monsieur Durand a appris que sa fille Delphine avait loupé son bac pour la quatrième fois.

L'instinct de reproduction

Y a-t-il urgence à faire des enfants?

En 1000 av. T-V, on faisait beaucoup d'enfants, mais comme beaucoup mouraient en bas âge, c'était pas grave.
Les progrès de la médecine et de l'hygiène ayant considérablement diminué la mortalité infantile, on ne peut plus compter là-dessus, maintenant.
Il faut savoir que, quand on a un enfant, c'est pour longtemps.
Alors réfléchissons, y a pas le feu.

Il faut toujours remettre au lendemain l'enfant qu'on pourrait faire le jour même.

Y a-t-il nécessité à faire des enfants ?

Vous ne trouvez pas qu'il y en a assez ?
On est trop sur terre, bientôt 7 milliards.

Essayez d'aller au cinéma le samedi soir, essayez de vous allonger sur la plage au mois d'août, essayez de trouver une place pour garer votre voiture, une place à la terrasse, une place assise dans le bus.
Avez-vous déjà fait la queue avec votre Caddie aux caisses de Carrefour ? Et au Grand Palais pour l'exposition Van Gogh ?
Réfléchissez longtemps avant de faire des enfants. Il y a parfois des enfants qu'il aurait mieux valu ne pas faire.

Les enfants dont on se serait volontiers passé

Vous ne croyez pas que ce jour de l'année 1881, ils auraient mieux fait d'aller planter des « quartaufèlnes » dans leur petit potager de Braunnau, plutôt que de se reproduire, Monsieur et Madame Hitler ?

Vous ne croyez pas que
Monsieur et Madame Staline,
Monsieur et Madame Mussolini,
Monsieur et Madame Ceaucescu,
Monsieur et Madame Amin Dada,
Monsieur et Madame Pinochet,
Monsieur et Madame Ben Laden
et quelques autres,
auraient mieux fait de se retenir au lieu d'avoir la joie de nous annoncer la naissance de Joseph, Benito, Nicolas, Idi, Augusto et Oussama.

L'humanité aurait évité quelques désagréments.

Tout ça pour dire aux parents qu'il vaut mieux ne pas faire d'enfant quand on est pas sûr de le réussir.
On ne fait pas Mozart à tout coup.

Reproduisons-nous avec modération

Il pleut dehors, la télévision est en panne, le cubi de rosé est vide, on ne sait à quoi se mettre.
« Si on se reproduisait ? » dit le père.
« Si tu veux, dit la mère, ça coupera la journée. »

Dans les couches défavorisées de la population, la tentation de se reproduire est grande.
Les gueux se reproduisent à tire-larigot, c'est leur seule distraction, et ça ne coûte rien.

L'homme intelligent, qui réfléchit et qui a une calculette, sait ce que ça va coûter. Il hésite.
Le gueux, qui a autant de vie intérieure que le lapin et dont le cerveau est souvent embrumé

par les vapeurs de l'alcool, n'est pas armé pour résister à l'appel de la chair.
On parle d'ailleurs d'instinct de reproduction, l'instinct n'est pas un acte volontaire, l'intelligence n'a rien à y voir.

Le Q.I. d'un individu est inversement proportionnel au nombre de ses enfants.

Droit de réponse de Jean-Sébastien Bach* :

« C'est pas très sympa pour moi. »

* Jean-Sébastien Bach a eu vingt enfants.

Se reproduire à cet âge ?

Que les jeunes veuillent se reproduire, c'est de leur âge, on ne peut pas leur en vouloir, ils aiment ça et ils ne réfléchissent pas.
Mais que les vieux s'y mettent aussi, c'est moins pardonnable. À moins qu'il ne s'agisse des premiers symptômes de la démence sénile.
Certains couples attendent d'être à la retraite pour faire des enfants. Ils pensent que, délivrés de leur activité professionnelle, ils pourront consacrer plus de temps à l'enfant. Ils oublient simplement qu'il ne leur reste souvent plus que quelques jours à vivre.
Ou alors, avant de partir, ils ont envie de laisser des traces.

EST-IL VRAIMENT NÉCESSAIRE DE LAISSER DES TRACES ?

Examinons un enfant de vieux.
L'enfant de vieux est pâlot et triste, blafard et verdâtre, malingre et anémique, souffreteux et chétif, chlorotique comme une salade poussée en cave, et souvent crétin.
L'enfant de vieux est habillé en noir, il est rapidement orphelin et en larmes.
Il perd souvent ses êtres chers et ses réunions de famille se font au cimetière.

L'enfant de vieux est souvent la risée de ses camarades. Ils pensent qu'il n'a pas de père, seulement un grand-père.

L'enfant de vieux ne fait pas de vélo, il joue au mikado avec son père.
Quand son père attrape son parkison, il remplace le mikado par le domino.

Après la mort du père, il ne joue plus aux osselets, par respect.

L'éducation des petits

Lorsque l'enfant paraît, il attendrit

Ces petits êtres sans défense qui vous font entière confiance vous émeuvent et, pour peu qu'ils soient beaux, vous êtes conquis (le bébé moche est moins dangereux).

Avez-vous déjà vu un père, en costume gris trois-pièces en train de se rouler sur le lit avec son bébé et de lui faire des guili-guili et des areu-areu, sous le regard béat de la mère ? La même scène avec des lions est charmante. Avec un cadre moyen dans le rôle du lion, c'est moins bien.

Gardez votre dignité, ne vous laissez pas aller à bêtifier avec bébé.

Sachez que, quand vous bêtifiez, bébé vous
observe, il vous juge et il vous méprise.
Prenez les devants, méprisez-le d'abord.
Sachez que bébé est par nature roublard,
il sait jouer de ses charmes pour obtenir
de vous tout ce qu'il veut.
Méfiez-vous de ses risettes.
Sachez qu'il est en train de tester son pouvoir.
S'il vous voit en pâmoison, il va en profiter
jusqu'à la fin de vos jours.

Vous avez un moyen simple pour éviter
de tomber dans ce gâtisme parental :
imaginez bébé à quinze ans.

Pensez à l'acné, à la barbe clairsemée.
Imaginez les petits petons qui gigotent,
chaussés de Nike pointure 45.
Imaginez les menottes potelées qui font
font les petites marionnettes, velues,
et en train de vous serrer le kiki…

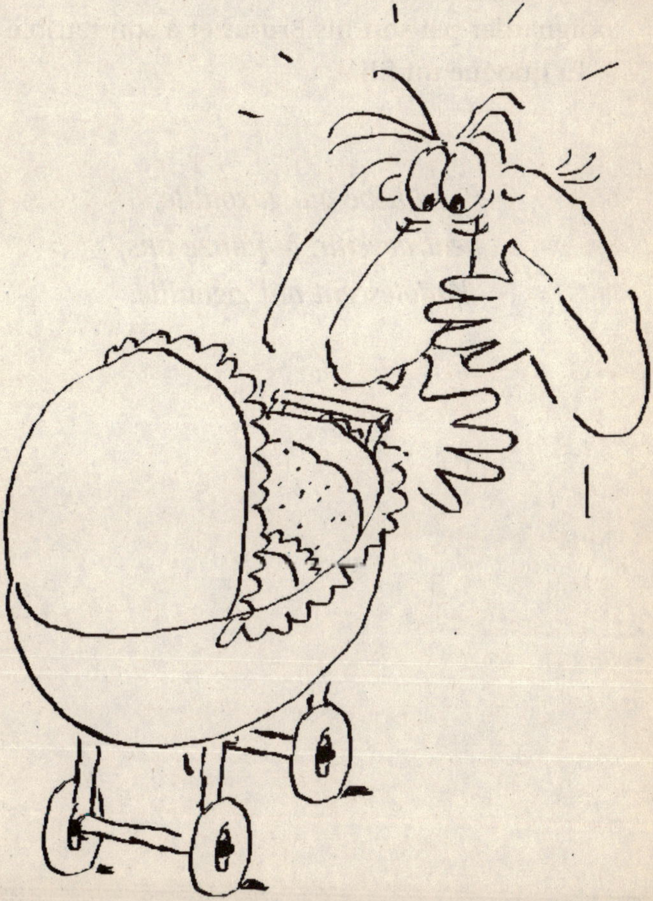

Mettez-lui en pensée une moustache.
Pensez à Hitler bébé.
Pensez à Jules César en train de se faire poignarder par son fils Brutus et à son terrible « Tu quoque mi fili ».

Le bébé qui gazouille,
peut devenir, à quinze ans,
l'adolescent qui zigouille.

Lorsque l'enfant paraît, il crie

Quand il est petit, il vous empêche de dormir parce qu'il pleure.
Quand il est grand, il vous empêche de dormir parce qu'il ne rentre pas.
Quand il est vieux, il vous empêche de dormir parce qu'il rentre toujours.
Il faut croire qu'il est venu sur terre pour gâcher vos nuits.

QUE FAIRE QUAND UN BÉBÉ PLEURE LA NUIT ?

Le conseil du psychologue

On peut lui dire ta gueule.
Ça ne sert à rien, mais ça soulage.

Conseil pratique

Jetez-le par la fenêtre et refermez la fenêtre.
Si c'est un petit ange, il se débrouillera avec ses ailes.

Qui aime bien, châtie bien

L'éducation est un combat, un combat entre deux personnalités. Élever un enfant, c'est combattre avec acharnement ses mauvais instincts. Dieu sait qu'ils sont mauvais et nombreux.
Il faut savoir que l'enfant a un fonds mauvais.
Regardez un bébé qui boit son biberon.
Vous avez devant vous un petit animal seulement préoccupé de son bien-être.
Vous pouvez crever à côté de lui, la gueule ouverte, il s'en fout.
Tant qu'il est bien, tout va bien.
Alors comment mettre un peu d'humanité dans cet être malfaisant ?

Avec un bâton ?

Peut-on utiliser les châtiments corporels pour éduquer un enfant ?

La loi vous interdit de battre les enfants, même les vôtres, ce qui est un peu fort de café.
Ne battez jamais votre enfant en public.
N'oubliez pourtant pas l'adage « Qui aime bien châtie bien ». Châtiez discrètement, dans un endroit désert, qu'on n'entende pas les cris.
Il faut commencer très tôt. Profitez-en quand l'enfant est petit, après il sera trop tard.
Gifler un adolescent est une opération à haut risque, parce qu'un ado c'est haut et c'est costaud.
Attention à ne pas laisser de marques, l'enfant est rapporteur, il est capable de vous dénoncer à la police.

Liste de châtiments corporels qui ne laissent pas de traces

La chiquenaude, la petite baffe, ou gifle
(appelée raton dans le nord de la France),
le pinçon, la fessée,
la frite, le shampoing…

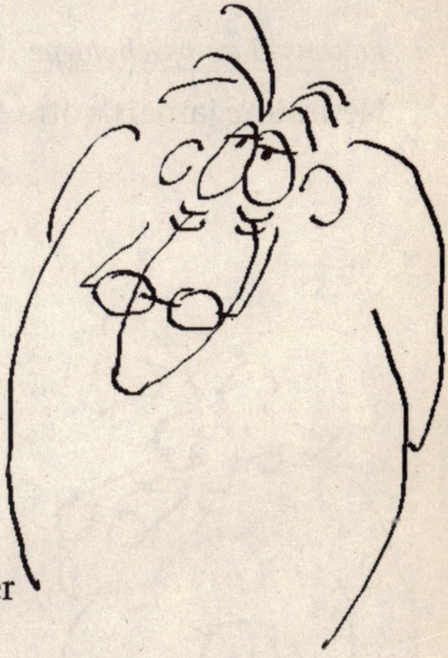

A-t-on le droit d'insulter ses enfants ?

OUI, ça détend.
N'hésitez pas à les traiter
de petit con, même
quand ils sont grands.
Mais à distance.

En revanche, ne supportez pas
de vous faire traiter de vieux con.

Quelques insultes à utiliser pour vos enfants : petit(e) morveux(se), petite(petit) pisseuse(eur), minus, rat d'égout, asticot, têtard, ver de terre, moucheron, moustique, cancrelat...
et bien sûr bon à rien.

Le conseil du psychologue

Ne traitez jamais votre fils de fils d'imbécile.

L'éducation des grands

Quand il est grand, il vous empêche de dormir parce qu'il ne rentre pas

Arrêtez de souffrir, de vous inquiéter, soyez courageux, prenez une grande décision.

Si c'est une fille, coupez-lui les ailes.
Si c'est un garçon, coupez-lui les couilles.

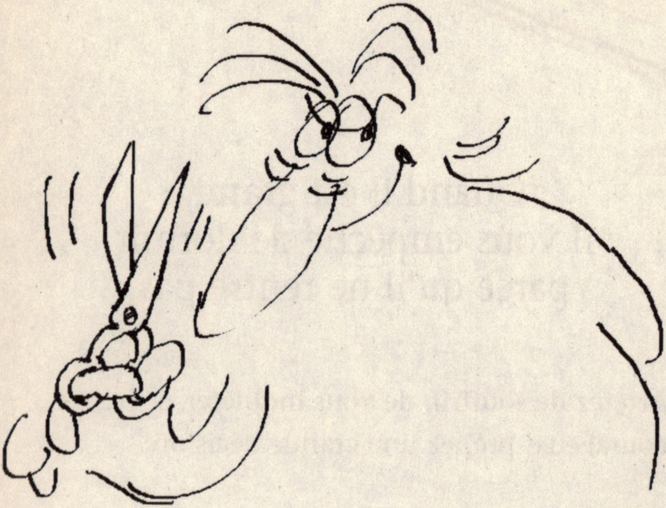

Beaucoup de personnes ont obtenu
de bons résultats avec leur chat.
Pourquoi ce qui est bon pour l'animal
ne le serait pas pour l'enfant.
Sachez simplement que votre fils va
prendre du poids, et qu'il va peser
plus lourd sur vos genoux.

Un père a-t-il le droit de châtrer son fils ?

Oui, à condition de ne pas le faire lui-même.
Cette opération doit être confiée à
un chirurgien, pratiquée sous anesthésie et
dans des conditions d'hygiène rigoureuse.

Il est évidemment exclu de prévenir votre fils
de vos intentions, il s'y opposerait.
L'enfant est systématiquement contre
les décisions de ses parents.
Il faut l'attraper par surprise.

Comment attraper votre fils ?

Pas par la main.
Seul, vous n'y arriverez pas.
Faites-vous aider par un vétérinaire.
Il possède un fusil hypodermique qu'il utilise pour la castration des lions.

Que dire à votre fils quand il se réveillera ?

Surtout pas la vérité.
Inventez quelque chose de plausible.

QUELS AVANTAGES ALLEZ-VOUS RETIRER DE LA CASTRATION DE VOTRE FILS ?

Un fils docile qui ne sortira plus la nuit.
Un fils qui ne vous demandera pas de garder ses enfants pendant les vacances.
Un fils qui gardera sa jolie voix de soprano.

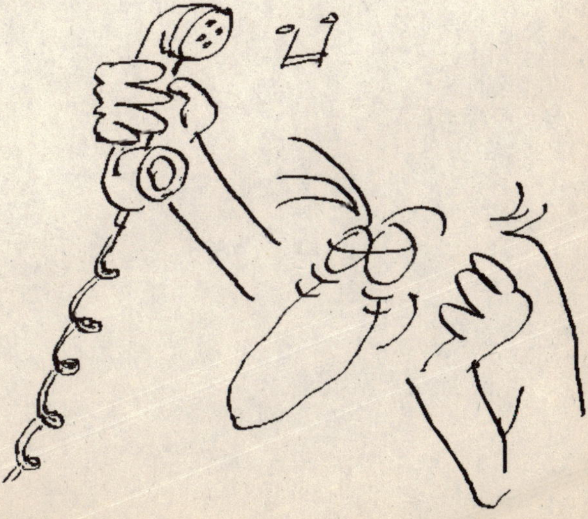

L'enfant de compagnie

Enfant ou animal de compagnie, que choisir ?

L'être humain n'aime pas être seul.
Comme la fleur a besoin du soleil pour éclore, l'homme a besoin de chaleur humaine pour s'épanouir. La solitude lui est pénible.
Quand il est seul, il s'emmerde.
Qui peut le mieux combler ce vide ?

Faites une expérience : installez-vous sur le canapé devant la télévision, entre votre fils et votre chien.
Votre chien ne regarde pas l'écran, il vous regarde. Avez-vous remarqué ses yeux ?
Ils sont pleins d'admiration et de tendresse, ils vous regardent comme si vous étiez le plus beau, le plus intelligent.

Vautré sur le canapé, votre fils ne vous regarde pas, il fixe l'écran.
Parfois, parce que vous avez toussé, il tourne vers vous un regard torve.
Qu'est-ce que vous remarquez dans ses yeux ?
Rien, et certainement pas de l'admiration.

Avantages de l'animal de compagnie sur l'enfant

Le chien est doux au toucher.
Le chien ne se moque pas de vous.
Le chien mange les restes.
Le chien ne vous demande pas une mobylette.
Le chien ne loupe pas son bac pour la troisième fois.
Le chien ne discute pas, il s'écrase.

Le chat accepte de se mettre dans votre sac.
Le chat n'a pas les pieds qui grandissent.

Le chat n'a pas d'acné.
Le chat n'a pas besoin de la salle de bains.
Le chat ne fume pas.
Le chat ne téléphone pas.
Le chat ne joue pas avec la souris de l'ordinateur.
Le chat ne vous pique pas vos vêtements pour sortir.
Et le chat enterre ses crottes.

Quelle est la plus grande qualité d'un enfant ?

Son absence.

Comment voir le moins possible ses enfants ?

Habillez-les avec les chutes du tissu qui a servi à recouvrir le canapé, et obligez-les à rester assis toute la journée sur le canapé.

Comment entendre le moins possible ses enfants ?

Leur demander de se taire sauf
s'ils ont des choses intelligentes à dire.

Quand l'enfant est-il supportable ?

Quand il sort.
Quand il dort (sauf quand il est midi et
qu'il a trente ans).
Et surtout quand il n'existe pas.

Votre enfant vous dit qu'il n'a pas demandé à venir sur terre. Que lui répondre ?

Je t'ai pas fait exprès.

Que faire pour interrompre une grossesse non désirée ?

Quand vous savez qu'il y a un polichinelle dans le tiroir, ouvrez grand le tiroir, attendez que le polichinelle sorte la tête, et refermez brutalement le tiroir.

Les parents abandonnés

Une histoire d'oiseau

Cette année un couple de merles a fait son nid dans l'arbre de mon jardin.
Un dimanche après-midi, alors qu'ils ne savaient à quoi se mettre, ils ont décidé de se reproduire.
En ovipare consciencieux, le père a fécondé la mère qui a pondu et couvé. Et la famille s'est agrandie.

Depuis, on ne voit plus la mère, elle est occupée à donner le biberon et à faire la lessive, les petits salissent beaucoup.
Le père passe son temps en d'incessantes et épuisantes allées et venues entre le nid et le jardin. Il revient avec des vermisseaux qui lui pendent au bout du bec, alors le nid retentit de piaillements.

Un jour, toute la famille est sortie, j'ai pu enfin voir les petits. Ils étaient deux, déjà très gros, plus gros que le père et la mère qui étaient tout amaigris. On aurait dit deux boules de pétanque avec des plumes autour.
Ils avançaient sur le sol en se dandinant, comme des poussahs.
La mère les précédait et, avec sa queue, balayait le terrain pour que les petits ne trébuchent pas sur les cailloux.
Le père leur proposait des petits vers.
Les petits les attrapaient du bout du bec d'un air dédaigneux, sans même dire merci.
Ils m'ont fait mauvaise impression.
Très peu de temps après la première sortie, les parents leur ont appris à voler.

Au bout de quelques jours, quand les petits gros ont eu leur permis, ils se sont envolés en tanguant comme un Boeing 747 en surcharge.

Le soir, le père et la mère les ont attendus
avec beaucoup d'angoisse. Perchés sur un toit,
ils scrutaient le ciel en poussant des cris
déchirants.
Les petits sont rentrés très tard.
Je suis sûr qu'ils avaient passé leur journée
au bistrot à arroser leur baptême de l'air.
Tellement contents de les revoir, les parents
n'ont même pas osé les engueuler.
La mère a réchauffé la tarte aux mouches
qu'elle leur avait préparée.
Les deux gros n'y ont même pas touché,
ils se sont endormis comme des masses,
en prenant toute la place dans le nid.
Le père et la mère ont passé la nuit, debout
au bord du nid, à regarder avec ferveur
leurs petits gros qui ronflaient.
Le lendemain soir, tout a recommencé
de la même façon, les petits gros sont rentrés
encore plus tard.

Un jour, ils ne sont pas rentrés du tout.
Toute la nuit le père et la mère ont scruté le ciel en s'égosillant. Le matin, ils ont compris qu'ils ne les reverraient plus.
« Ils ont dû trouver un meilleur hôtel-restaurant », a dit le père, fataliste.
« Je faisais de mon mieux », a soupiré la mère.
Depuis, pas de nouvelles, pas un coup de téléphone, même pas un petit mot pour la fête des mères.
Aujourd'hui, le père et la mère sont à l'hospice, ils regardent la télévision toute la journée.
Ils ont bien vieilli, ils ne chantent plus.
Le soir, ils regardent le ciel tristement, comme s'ils espéraient encore.
Les petits gros sont devenus des hommes d'affaires, ils sont très riches et encore plus gros. Ils ne viennent jamais les voir.
J'ai compris ce jour-là ce que voulait dire le mot ingratitude.
Depuis, je regarde les œufs avec moins de sympathie.

L'enfant abandonné

L'abandon

Quand ses parents sont vieux, souvent l'enfant humain n'hésite pas, à l'instar des oiseaux, à les abandonner dans des hospices insalubres, où quelquefois il n'y a même pas la télévision.

Prenez les devants, abandonnez vos enfants avant qu'ils ne vous abandonnent.

COMMENT ABANDONNER SES ENFANTS

Avant, les choses étaient simples.
Quand on n'avait plus d'argent pour nourrir sa famille, il suffisait d'aller perdre ses enfants dans la forêt.
Rappelez-vous l'histoire du Petit Poucet.
Sans ce petit con qui eut l'idée de semer des cailloux sur son chemin, le bûcheron et sa femme étaient débarrassés définitivement.
À notre époque, la tentation d'abandonner ses enfants reste forte, mais les choses sont plus difficiles, les conditions ont changé.
Ils sont protégés par la loi.
Il existe même une convention relative aux droits des enfants et, surtout, les enfants ne sont plus ce qu'ils étaient.
Est-ce que vous vous imaginez sérieusement réveiller vos enfants une nuit d'hiver en leur disant : « Et si on allait ramasser du bois dans la forêt ? »

D'abord, la nuit, vos enfants sont en boîte, et si par miracle ils sont là, ils vont vous engueuler de les avoir réveillés. Et puis, allez trouver une forêt à proximité. Maintenant, les forêts sont loin, très loin, au-delà des lotissements. Ensuite, vous pouvez être sûr qu'ils vont prendre leur portable. Ils pourront appeler pour demander du secours.

Voyons les choses en face, on ne peut plus abandonner ses enfants à la mode du bûcheron, il faut chercher d'autres solutions. La plus simple et la plus immédiate est de déposer vos enfants à l'Assistance publique. Ayez la précaution de mettre un faux nez avec une moustache pour préserver votre anonymat. Vous pouvez aussi les emmener à une centaine de kilomètres de votre domicile et les abandonner en rase campagne avec un sandwich et une bouteille d'eau.

Moins doué que le chat et que le pigeon, l'enfant ne retrouvera pas sa maison.

Ne tatouez jamais votre bébé, comme
on le fait pour les chiens et les chats sinon
il sera impossible de l'abandonner,
on vous le ramènera toujours.

N'attendez pas que vos enfants soient grands
pour les abandonner, parce qu'à la longue
on s'attache.
Il est plus simple d'abandonner un nouveau-né
qu'un adolescent.
On le met plus facilement dans un sac
poubelle ou une boîte à chaussures,
et il ne demande pas : « Où on va, Papa ? »
En plus, l'adolescent est capable de vous
retrouver, de vous demander des comptes,
d'exiger un dédommagement et de vous faire
payer une pension jusqu'à la fin de vos jours.
Parce que, ne l'oubliez jamais, l'enfant est
un grand prédateur.

Le conseil du psychologue

Abandonner ses enfants c'est bien.

Ne pas avoir d'enfant c'est mieux.

L'ABANDON D'ENFANT EST-IL UN PÉCHÉ ?

Certains parents catholiques ont des scrupules à abandonner leurs enfants. Ils pensent qu'ils font un péché contre la charité, un péché mortel et qu'ils iront en enfer.
Qu'ils se rassurent, l'exemple vient du haut, du Très Haut.
Rappelez-vous le mont des Oliviers, Jésus qui se plaint : « Papa, pourquoi m'as-tu abandonné ? »
Dieu n'était pas dans la misère mais il avait de solides raisons pour abandonner son fils.
Rappelez-vous Jésus mal rasé, avec ses cheveux dans le cou, toujours en train de traîner avec ses copains, douze bons à rien.

L'adoption d'un enfant

Certains couples sans enfant ne se rendent pas compte de la chance qu'ils ont, ils veulent à tout prix avoir des enfants et ils adoptent.

L'abandon consiste à se débarrasser,
l'adoption consiste à s'embarrasser.

Si l'abandon témoigne d'une grande lucidité de la part des parents, l'adoption au contraire paraît une démarche aberrante. On peut, à juste titre, se demander si ceux qui adoptent ont toutes leurs facultés.
Les parents qui veulent abandonner ne peuvent pas comprendre les couples qui veulent adopter et vont chercher des enfants au bout du monde.

Il faut comprendre l'indignation de la mère de famille nombreuse, voyant revenir de l'étranger une femme qui ramène un bébé chinois, un bébé péruvien ou un bébé africain qu'elle a souvent payé très cher, alors qu'elle a sur les bras cinq enfants dont personne ne veut et qu'elle aurait bien bradés.
Évidemment, l'enfant adopté est plus exotique et plus séduisant que nos enfants nationaux blafards qui ressemblent souvent à des chicons.
Le regard du petit Africain est brillant alors que le regard de l'enfant national est souvent terne et ses pleurs très désagréables. Tandis que l'enfant noir, quand il pleure, ça ressemble à du blues.

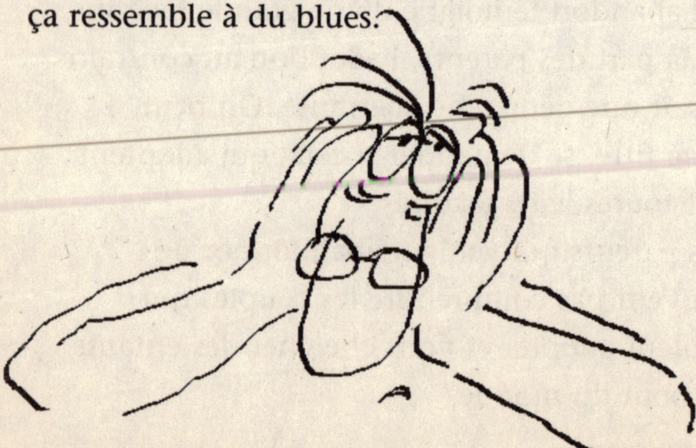

Le rapt d'enfant

Le rapt d'enfant est horrible, il est perpétré
par des êtres sans cœur et sans scrupules.
Le rapt d'enfant est-il vraiment horrible ?
Dans certains cas, il peut être le bienvenu.
Je pense aux parents en difficulté financière,
ça leur évite les tracas d'un abandon.
Mais que les pauvres ne rêvent pas trop,
on n'enlève que les gosses de riches.

Si votre enfant est enlevé
par des bandits,
ne payez pas la rançon
pour qu'on le rende,
payez-la pour qu'on le garde.

L'enfant et son prix

L'enfant est un grand prédateur

Les phrases de l'enfant commencent toujours par « Achète-moi... J'ai envie de... Tu me l'as promis ».

Après les bonbons, ce sont les jeux vidéo, après la mobylette c'est la moto, après l'auto c'est l'appartement...

Pour l'enfant, tout est prétexte à vous piquer l'argent que vous gagnez péniblement.

Il perd une dent, il faut que la petite souris donne une pièce, et la petite souris qui c'est?

Pour Noël, on écrit une jolie lettre au père Noël, dans laquelle on demande plein de choses. Et le père Noël qui c'est?

On a eu une bonne note, il faut une récompense, puis il y a les fêtes, les anniversaires...

Vous êtes en même temps la petite souris,
le petit Jésus, le père Noël, saint Nicolas,
sainte Catherine, les cloches de Pâques...
Vous êtes surtout le pigeon.

Lorsque l'enfant paraît, le bonheur disparaît.
Les économies aussi.

L'enfant prodigue

L'enfant est prodigue, rarement prodige.
Quand il vous a pompé tous vos sous,
il va les dépenser avec tous ses copains bons
à rien.

Ne tuez pas le veau gras pour fêter
le retour de l'enfant prodigue, tuez-le avant.
Pour fêter son départ.

Calculons le prix de revient d'un enfant

Si l'on additionne le prix des couches, des petits pots, du docteur, de la baby-sitter, des vêtements, des chaussures, de la cantine, des cours de judo, du vélo, des cadeaux, des voyages, des jeux vidéo, des fournitures scolaires...

On peut considérer qu'un enfant jusqu'à seize ans vous aura coûté environ 500000 francs, soit 76000 euros.
C'est le prix d'une très belle voiture, d'un tour du monde à deux, d'une piscine olympique, d'un tableau de maître, d'un meuble Boulle d'époque...

Voyez ce à quoi vous avez renoncé pour un(e) petit(e) morveux(se).

L'ENFANT EST-IL UN BON PLACEMENT ?

Si l'on soustrait du prix de revient de l'enfant le montant des allocations familiales, on s'aperçoit que l'enfant n'est pas un bon placement, ni une valeur refuge, il ne s'amortit jamais.

L'enfant est un placement à long terme
sans intérêts dont on perd le capital
au bout de trente années.

Le conseil de votre banquier

Faites des économies, avortez.

Comment rentabiliser ses enfants

Apprenons la mendicité à nos enfants

Habillez-les de haillons. Nourrissez-les très peu, qu'ils soient maigres et émouvants.
Que leurs grands yeux fiévreux dévorent leur petit visage.
Ils doivent faire pitié.
Interdisez-leur de rire quand ils mendient, ils doivent au contraire avoir une expression grave et douloureuse.
Récupérez rapidement les sommes empochées.

Apprenez-leur une petite chanson
de leur pays.
Faites-leur chanter *Frou frou* dans le métro.

Apprenons à nos enfants à faire de l'électricité

Vous avez remarqué que l'enfant est sans cesse en mouvement, il remue les bras, les jambes. Au lieu de vous épuiser à lui demander de rester tranquille, utilisez son énergie cinétique pour faire de l'électricité.
Fixez des électrodes à ses petites pattes, elles seront reliées à une dynamo qui rechargera votre batterie.

Organisons des combats d'enfants

Les combats de coqs étant interdits, à cause de leur cruauté, profitez-en pour organiser des combats d'enfants.
Ils se déroulent dans leur parc autour duquel se groupe un public d'amateurs qui parient sur le vainqueur.
Pour le combat, fixez à leurs petites pattes des ergots de métal.
Petit conseil : pour donner toutes ses chances à votre enfant, avant le combat buvez un verre d'alcool fort et soufflez-lui dans le nez.
C'est ce qu'on faisait au coq, il paraît que ça lui donne un coup de fouet.

Sentiments et héritage

La joie des enfants

Vos enfants se préparent pour aller à une fête, ils sont fous de joie, ils vont bien s'amuser. La joie des enfants est toujours un spectacle pénible et agaçant pour les parents qui s'ennuient.
Ne nous résignons pas à leur joie.

Quelques moyens pour gâcher la joie de ses enfants

Prenez un air douloureux, soupirez, geignez très doucement. Quand ils vont vous demander si tout va bien, répondez avec un sourire crispé « oui, très bien » et ajoutez « dépêchez-vous, vous allez être en retard pour la fête ».

Le but de la manœuvre est de leur donner mauvaise conscience. Qu'ils sentent, en allant s'amuser, qu'ils vous abandonnent.
Pendant leur absence, tout peut arriver.
Une chute, un malaise, un accident, un incendie, une fuite de gaz, un tremblement de terre, la fin du monde.
Et s'il arrive quelque chose ce sera de leur faute, et ça les empêchera de dormir jusqu'à la fin de leurs jours.

Quand ils partent, n'oubliez pas le « Amusez-vous bien » dit avec le rictus de celui qui souffre mais qui ne veut pas le montrer. Souriez tristement en agitant la main pour leur dire au revoir.

Dès que vous avez refermé la porte, reprenez votre bon sourire et réjouissez-vous. Cette image de vous sur le pas de la porte avec votre sourire triste, va peut-être gâcher leur soirée.

Testez l'affection de vos enfants

Lors d'un dîner de famille, simulez un malaise cardiaque. Mettez votre main à la poitrine, laissez échapper un cri de douleur et affaissez-vous sur la table, inerte.

Ne bougez plus. L'air de rien et, du coin de l'œil, observez l'attitude de vos enfants et surtout écoutez attentivement ce qui va se dire.

Votre belle-fille va certainement pousser des cris de pintade, et votre grand fils demander si vos affaires sont en ordre.
Soyez vigilant.
Reprenez vite connaissance avant qu'on appelle un médecin.

Dites que ce n'est rien, juste un petit vertige et que ça vous arrive quelquefois.
Si votre grand fils n'a pas l'air totalement rassuré et revient à la charge en disant « Pense à Maman », sachez qu'il ne pense pas à Maman, Maman il s'en fout,
ce qui l'intéresse c'est pas Maman,
c'est le testament.

Ne tardez pas à entreprendre, justement pour protéger Maman, des démarches pour déshériter vos enfants.

L'héritage

Quand, épuisés, ils arrivent au bout d'une longue vie de labeur avec quelques économies, les parents usés s'indignent en pensant que ces économies vont, après leur mort, tomber dans la poche de leurs enfants.

Vous paraît-il normal qu'après avoir profité de votre argent toute votre vie ils continuent après votre mort et empochent le magot ? Certains parents pensent que non, que trop c'est trop.
On peut les comprendre.
Passe encore de se faire avoir durant sa vie, il ne faut pas que cela continue durant l'éternité. Sur votre pierre tombale il ne faut pas qu'il y ait écrit : « Ici repose un pigeon. »

Nous allons étudier ensemble la façon la plus simple de déshériter nos enfants.
Agissez avec la plus grande discrétion, il faut que cela reste pour eux, jusqu'à vos derniers moments, une surprise.

Imaginez la tête de vos enfants à la lecture du testament, les vraies larmes qu'ils vont verser.
Que cela vous soit un réconfort lors de votre agonie et vous aide à mourir gaiement.

Peut-on déshériter ses enfants ?

C'est très difficile.
La législation française protège les enfants d'une façon excessive. Ils se sont conduits envers vous comme des petits saligauds et une loi inique va leur permettre, après votre décès, de continuer à profiter de votre monnaie.

La solution la plus simple et la plus radicale est de ne rien laisser. Dépensez toutes vos économies, dilapidez vos biens de votre vivant, ne laissez que des dettes.
Mais, si vous avez mal estimé votre temps de vie, qu'allez-vous faire pendant les années qui vous restent, s'il ne vous reste plus rien ?
Ne vous inquiétez pas, la loi vous réserve une grosse surprise.

Quand vous êtes sans ressources, vos enfants ont obligation de subvenir à vos besoins.
Ils vont évidemment refuser, invoquant les traites de la maison, de la voiture…
N'en démordez pas, assignez-les en justice.

Quelle consolation pour vos vieux jours de savoir que si vos enfants refusent de vous nourrir ils encourent de lourdes peines et peuvent même aller en prison.
Si, contraints et forcés, terrifiés à l'idée de la prison, ils consentent à vous entretenir, ne leur facilitez pas la tâche.
Soyez très exigeants.

Demandez pour vos vieux jours ce qu'il y a de mieux : un appartement somptueux, une voiture de fonction, un domestique, tout ce que vous n'avez jamais pu vous offrir.
Et des cadeaux à toutes occasions : anniversaire, fête des mères, des pères et des beaux-pères, Noël, Saint-Nicolas, Sainte-Catherine, Pâques.

Qu'ils comprennent enfin que c'est pas drôle d'être le pigeon.
À votre âge, vous allez bientôt perdre vos dents.
N'oubliez surtout pas de leur faire le coup de la petite souris.

La fin du haricot

Vous avez plein de fils, comme le haricot, des tuyaux partout, vous êtes entouré de grosses machines avec des écrans et des lumières qui clignotent. Vous êtes à l'hôpital en soins intensifs. Vous allez bientôt mourir.

Vos enfants viennent souvent, voir si c'est fini. Quand ils vous trouvent encore en vie, ils ont l'air accablé. Ils se demandent combien de temps ça va durer. Ça coûte cher les soins intensifs, plus de 10000 francs par jour. C'est autant qui sera retiré à leur héritage. Faites-les lanterner, ne mourez pas tout de suite. Redemandez une bouteille d'oxygène. Videz-la à leur santé, c'est pas vous qui allez payer.

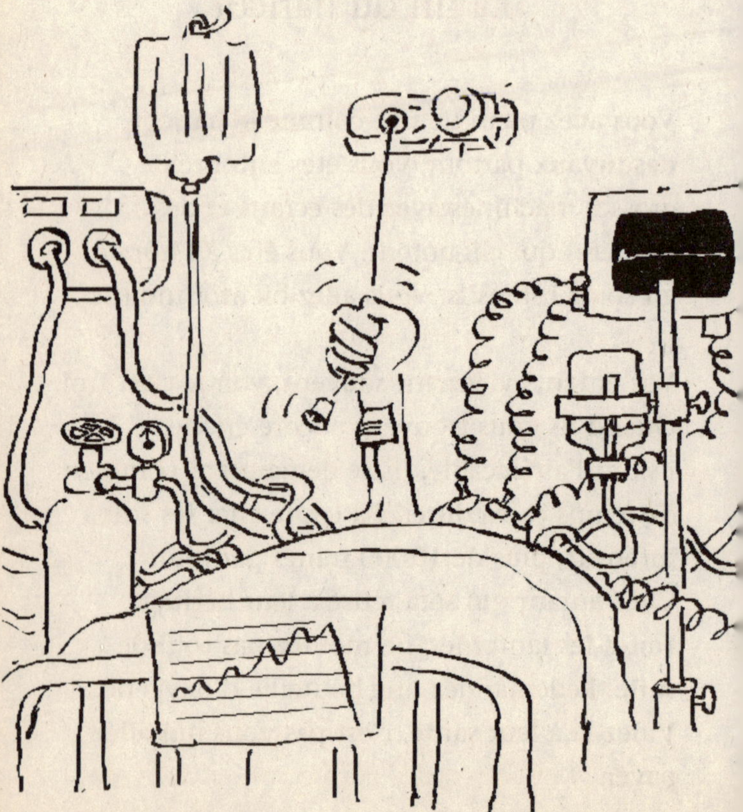

Votre dernière blague

Dans quelques instants vous allez quitter
ce monde.
Vos proches vous entourent avec leurs gueules
d'enterrement.
Certains de vos enfants versent des larmes
de crocodile. Ils attendent avec impatience,
parce que leur voiture est mal garée, votre
dernier soupir.

Faites durer avec vos dernières paroles.
Faites-leur le coup du laboureur et de ses
enfants qui, sentant sa mort prochaine,
fit venir ses enfants et leur tint à peu près
ce langage.
Il leur déclara qu'un trésor était caché
dans un champ qu'il leur laissait en héritage,

et il fallait creuser sans arrêt pour le trouver.
Quelle joie pour vous de voir de là-haut vos grands fainéants de fils retrousser leurs manches et se mettre enfin au boulot.
Ils vont creuser comme des forcenés jusqu'au centre de la terre et ils ne vont rien trouver.
C'était votre dernière blague, il n'y a pas de trésor caché.

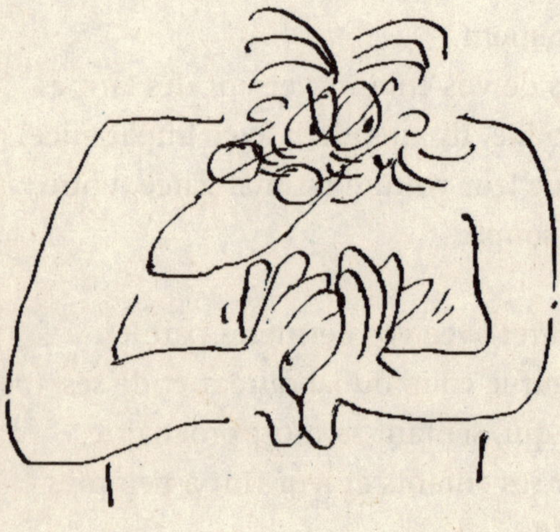

L'enfant et son futur métier

L'enfant utile

En l'an 1000 av. T-V, le soir, quand le père rentrait des champs, harassé et fourbu, il s'affalait sur le banc et demandait à la mère un verre de vin qu'il sifflait dans l'instant.
– Te voilà bien fourbu, mon homme, disait la mère en lui remplissant son verre. Il te faudrait de l'aide, ajoutait-elle.
– Nous n'avons pas assez d'argent pour payer quelqu'un, soupirait le père.
– Qui parle de payer, moi je vais t'en faire un d'ouvrier agricole, et gratuit par-dessus le marché.

Et elle entraînait l'homme sur la paillasse en lui chuchotant :
– Ce sera un beau gars, costaud comme un

bœuf, sobre comme un chameau et fidèle comme un chien.
– Et si c'est une fille ?
– On en fera une servante, douce comme une brebis et courageuse comme une chèvre, elle nous trempera la soupe quand nous serons vieux.
Cette évocation du passé fait mal aux parents d'aujourd'hui.
Le père regarde son fils en train de cloper, l'œil vide, et de scander un rap qu'il écoute sur son walkman. Il n'a rien d'un grand bœuf, sauf l'anneau qu'il a dans le nez.
Il imagine alors un grand gaillard fort comme un bœuf en train de faucher un champ de blé qui s'étend à l'infini.
Il détourne les yeux et voit par la fenêtre les dix mètres de pelouse que son fils doit tondre depuis deux mois.
Ça lui fait mal.
Sa fille, elle, est enfermée dans la salle de bains. Elle est en jogging fluo, elle a des rondelles de kiwi sur le visage et une copine lui fait un mèche à mèche bleu.

Il imagine une servante en robe noire,
pas maquillée, donnant à la cuiller la soupe
à un vieillard parkinsonien qui lui
ressemblerait.
Ça lui fait mal aussi.
Il pense qu'on s'est foutu de sa pomme,
qu'il a été eu, jusqu'au trognon.
Il n'aurait pas dû avoir d'enfant.
De rage il chiffonne un Kleenex.

Qu'est-ce que tu feras quand tu seras grand ?

Avant, quand il était grand, l'enfant faisait le métier que le père avait choisi. Le fils du boulanger faisait boulanger, le fils du gangster faisait gangster, le fils du roi faisait roi. Content ou pas, c'était la même chose. Ça faisait de belles générations et c'était très bien comme ça. Notre époque moderne, très démagogique, a décidé de poser à l'enfant, comme s'il était capable de répondre, cette grave question : Qu'est-ce tu feras quand tu seras grand ? À cinq ans, il sera pape, général, aviateur, empereur, pompier, missionnaire, vétérinaire, cosmonaute. Et ça vous fait rire.

À vingt ans, il sera comédien, metteur en scène, architecte, psychanalyste, musicien, moine, et ça vous fait moins rire.
À trente ans, il répond « Rien, je suis bien ici ».
Ça ne vous fait plus rire du tout.

Pourquoi tu ferais pas plombier ?

Votre rêve secret serait évidemment qu'il (ou elle) fasse plombier (ou plombière), enfin un vrai métier.
Vous imaginez la joie du père du plombier et sa fierté. Il n'a plus de souci à se faire pour les fuites de son robinet, et il sait que tout le monde attend son fils comme le Messie, le fils de Dieu. Et être le père du fils de Dieu, c'est pas rien.
S'il refuse, vous pouvez toujours conseiller à votre fille d'épouser un plombier.
Si votre fille refuse et vous dit qu'elle veut épouser Dieu, demandez-lui s'il a un bon métier.

L'échelle sociale

Beaucoup de parents, assis par terre au pied de l'échelle sociale, regardent le haut de l'échelle et souhaitent que leurs enfants y parviennent.
Le sous-chef souhaite que son fils soit chef, le mineur souhaite que son fils soit aviateur, l'adjudant souhaite que son fils soit adjudant-chef, la femme de ménage souhaite que sa fille soit caissière, le prince souhaite que son fils soit roi.

Tout cela part d'un bon sentiment mais c'est un mauvais calcul et ce n'est pas sans risque. Vous pensez naïvement que les enfants vont être reconnaissants envers leurs parents de les avoir élevés dans l'échelle sociale.

C'est mal les connaître, c'est oublier un peu vite que l'enfant est ingrat. Ils vont au contraire profiter de leur statut social pour vous mépriser un peu plus, vous allez leur mettre la honte.
Ils ne vont plus vous dire bonjour, ils ne vont plus vouloir venir dans votre modeste logis.
Il faut au contraire veiller à ce que vos enfants restent à leur place, qu'ils aient toujours un rang social inférieur au vôtre.
« Pas toujours facile », soupire l'éboueur au chômage.
Si, malgré vos efforts, vos enfants arrivent en haut de l'échelle, dites-vous bien qu'on y est en équilibre instable.
On peut tomber et se faire très mal.
De toute façon, ne vous inquiétez pas trop de leur réussite professionnelle.
Regardez leur bulletin scolaire,
vous serez rassuré.

Les résultats du bac

Proposez à votre fils ou votre fille d'aller vous-même voir les résultats du bac.
À votre retour, ayez l'air maussade,
ne répondez pas tout de suite à sa légitime impatience.
S'il est reçu, dites-lui que vous ne vous souvenez plus d'avoir vu son nom sur la liste des reçus.
S'il est recalé, dites-lui qu'il est reçu.
Une fausse joie est parfois plus terrible
qu'un vrai chagrin.

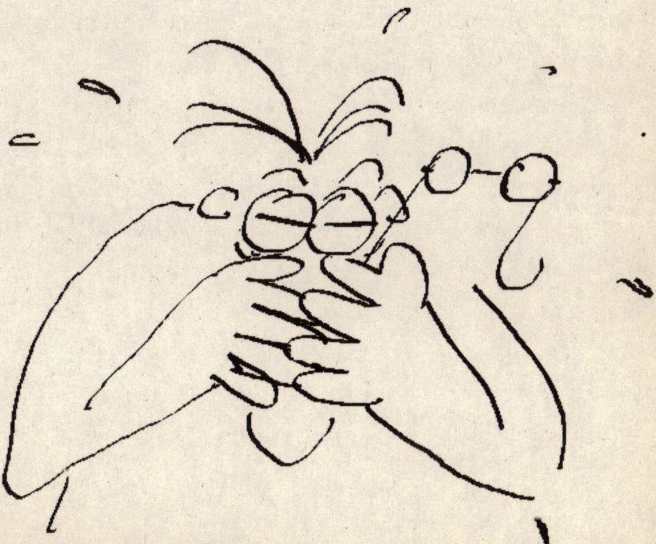

L'enfant et son Q.I.

Les enfants pensent qu'ils sont plus malins que leurs parents. Est-ce vrai ?

Non.
Si les enfants avaient un peu de culture,
ils sauraient que ce n'est pas vrai, au contraire.
Prenons quelques exemples dans l'histoire,
au hasard.

Preuves de la supériorité des parents sur leurs enfants

Avez-vous déjà lu un poème écrit par le fils
(ou la fille) de Ronsard ?
Connaissez-vous un théorème inventé par
le fils (ou la fille) de Pythagore ?

Avez-vous déjà entendu une symphonie
composée par le fils (ou la fille) de Beethoven ?
Avez vous déjà vu des tableaux peints par
le fils (ou la fille) de Léonard de Vinci ?
Avez-vous déjà lu des romans écrits par le fils
(ou la fille) de Stendhal ?
Avez-vous déjà vu des sculptures du fils
(ou de la fille) de Rodin ?
Qui a écrit les plus belles lettres, Madame
de Sévigné ou sa fille ?
Avez-vous déjà entendu chanter le fils de
Luis Mariano ?
Qui a découvert le vaccin contre la rage ?
Pasteur père ou Pasteur fils ?

On pourrait continuer à l'infini...
Certains enfants essaient de continuer l'œuvre
de leur père, le résultat est souvent navrant,
jamais ils n'atteignent leur père.
Pensez aux nombreux enfants de
Jean-Sébastien Bach et au fils de Dieu.

Les plus beaux arbres ne donnent pas
forcément les plus beaux fruits.
Regardez le chêne.
Il donne des glands.

Testons l'inculture de nos enfants

L'enfant est arrogant. Il croit tout savoir alors qu'il ne sait rien. Le but de ce questionnaire est de lui rabattre son caquet. Arrangez-vous, avant de poser vos questions, pour qu'il y ait beaucoup de monde.

Questions littérature

Mon (ou ma) chéri(e), quel livre de Victor Hugo préfères-tu : *Le Vieil Homme et la Mer*, *Le Rouge et le Noir* ou *Madame Bovary* ?

Mon (ou ma) chéri(e), quelle pièce de Corneille préfères-tu : *Ruy Blas*, *Hamlet* ou *Phèdre* ?

Mon (ou ma) chéri(e), quel livre de Sartre préfères-tu : *La Nausée, Les Mouches* ou *Les Moustiques* ?

Question vocabulaire

Qu'est-ce qu'un percheron ?
☐ Un habitant du Perche
☐ Un cheval
☐ Un oiseau
Avec un peu de chance il y aura bien un crétin (ou une crétine) qui, pensant à la percheronnette, dira un oiseau.

Questions art

Qui a composé les valses de Chopin ?
☐ Johann Strauss
☐ Richard Strauss

Quel peintre est l'auteur du *Radeau de la Méduse*?

☐ Géricault

☐ La Méduse

Question sport

Qui a gagné le tour de France deux fois de suite?

☐ Gino Bartali

☐ Fausto Coppi

☐ Tomaso Albinoni

La fierté des parents

Regardons un enfant sans *a priori*

Qu'est-ce qui frappe au premier abord ?
Le regard vide, désespérément vide.
Ici, on ne pense pas.
La tête est parfois animée de mouvements désordonnés, comme chez le parkinsonien.
On écoute de la musique.
Quand on parle sérieusement à l'enfant, il ne répond pas.
Quand on veut lui apprendre des choses importantes, il ne les entend pas.
Il a un walkman sur les oreilles.
Tant pis pour lui.
Il ne connaîtra jamais la liste par ordre alphabétique de tous les départements avec leur chef-lieu et leur sous-préfecture,

ni le nom de tous les joueurs de l'équipe de France de football.
Ne connaissant rien, ne s'intéressant à rien, il n'a rien à dire.

Que faire quand vous vous ennuyez avec votre enfant ?

Le conseil du psychologue

Changez d'enfant.

J'ai honte de mes enfants

On entend souvent les enfants dire que leurs parents leur mettent la honte.
On entend plus rarement les parents dire que leurs enfants leur font honte.
Pourtant, certains parents ont honte de leurs enfants mais ils n'osent pas se l'avouer.
Cette honte les culpabilise, ils pensent être anormaux, ne pas avoir de cœur.
Qu'ils se rassurent, c'est tout à fait normal, cela n'a rien à voir avec les sentiments.
On peut très bien aimer beaucoup ses enfants et avoir honte d'eux.

On peut avoir honte de ses enfants pour deux raisons principales :

1 – Parce qu'ils sont bêtes.

2 – Parce qu'ils sont moches.

3 – Les deux (exemple : votre fille loupe en même temps son bac et le titre de Miss Auvergne).

Mes enfants sont bêtes

Votre fils n'a pas inventé la poudre, votre fille n'a pas inventé l'eau tiède. Vous savez qu'ils ne sont pas très futés, mais vous n'osez pas vous l'avouer et, de là à clamer sur tous les toits « Mes enfants sont bêtes », il y a un pas que vous ne vous décidez pas à franchir. Franchissez-le, dites plusieurs fois tout haut dans un lieu public et à une heure de grande affluence, en articulant bien : « Mes enfants sont bêtes, mes enfants sont bêtes. » Vous serez soulagé, vous sortirez grandi de cette déclaration.

Mes enfants sont moches

Ils n'ont jamais eu de prix au concours du plus beau bébé et, depuis, les choses ne se sont pas arrangées. Votre fils se promène avec un rat mort qui lui pend à l'oreille, votre fille a les cheveux rouges. Vous avez honte de sortir avec eux dans la rue. Vous avez peur de croiser votre patron, vous avez peur qu'on se moque, vous avez honte. Surtout, vous craignez qu'on vous pose, en désignant vos enfants, cette terrible question : « C'est vous qui avez fait ça ? »

Quand, désignant vos enfants,
on vous pose la question :
« C'est vous qui avez fait ça ? »
Faut-il avouer ?

Non.

Conseils pour vous éviter à l'avenir la question embarrassante « C'est vous qui avez fait ça ? »

Dans la rue, marchez loin de vos enfants.
S'ils vous parlent, ne leur répondez pas.
Faites semblant de ne pas les connaître.
S'ils vous appellent papa, prenez un air étonné.

L'enfant et son agressivité

Attention enfants DANGER

À une époque où la pédophilie fait des ravages et la une des journaux, remettons la pédophobie à l'honneur. La majorité des enfants détestent les vieux. Ils disent que nous sommes bêtes, que nous sommes méchants, certains disent que nous sentons la mort, d'autres que nous portons malheur. On peut dire qu'ils sont gérontophobes.

Alors, pas d'état d'âme, soyons pédophobe, détestons les enfants.

Lorsque l'enfant paraît, j'ai peur

Avant, les enfants avaient peur de leurs parents, c'était bien.
Maintenant, ce sont les parents qui ont peur de leurs enfants et c'est pas bien.

Avant, les enfants braquaient sur vous un morceau de bois, en disant « Pan t'es mort » et ça vous faisait bien rire.
Maintenant, l'enfant braque sur vous un vrai revolver, menace de vous refroidir et ça ne vous fait plus rire.

Quand on lui refuse des fraises *tagada* ou un scooter, l'enfant les exige sous la menace. Beaucoup sont armés et on doit s'en méfier. Récemment, une maman a retrouvé, au fond du berceau de son bébé, un Colt 45.

Certains parents prudents portent des gilets pare-balles chez eux et dorment d'un seul œil. Leur vie devient un cauchemar.

Certains parents pensent que ça va changer et s'arment de patience. D'autres, plus réalistes, s'arment d'un revolver.

On ne saurait trop conseiller aux parents d'être armés quand ils entrent dans la chambre des enfants.

ATTENTION
Vous ne pouvez tirer sur votre enfant que si vous êtes en état de légitime défense.
Même sans arme le bébé est dangereux, il mord. (L'allaitement maternel n'est pas sans risque.)

LA MORSURE D'ENFANT EST-ELLE DANGEREUSE ?

Oui, très. Elle s'infecte.
Les dents des enfants sont souvent sales parce qu'ils refusent de les brosser après chaque repas.

ARRIVE-T-IL QUE DES ENFANTS MANGENT LEURS PARENTS ?

Rarement.
Néanmoins observez certaines précautions.

À l'intérieur.

Ne jamais tendre la main nue à un enfant.
Passer la nourriture à travers les barreaux de la cage.
Attendre que l'enfant soit repu pour entrer dans la cage.
Ne jamais entrer seul dans la cage.
Ne jamais tourner le dos à un enfant.
Toujours lui faire face.

À l'extérieur.

Vous êtes tenu de les museler et de les tenir en laisse.
Sachez que si votre enfant mord le chien de votre voisin, vous êtes civilement responsable.

N'oubliez jamais qu'un enfant
qui a tué ses parents hérite de leur fortune,
à sa sortie de prison.

Parents battus

Un numéro de téléphone est mis à la disposition des parents battus par leurs enfants.
La ligne est souvent occupée,
les appels nombreux,
toujours bouleversants…

« *J'avais poliment demandé à mon fils de treize ans de bien vouloir plier sa serviette après le repas, il m'a décoché un violent coup de poing. J'ai deux dents cassées.* »

Raymond R., 43 ans, Valenciennes.

« *J'ai voulu empêcher mon fils de prendre mon porte-monnaie dans mon sac à main, il m'a tordu le bras si violemment qu'on a dû m'hospitaliser huit jours.*
Que me conseillez-vous pour l'avenir, dois-je le laisser me dépouiller sans rien faire ? »

Geneviève D., 45 ans, Joinville.

«*Mon fils m'a jeté par la fenêtre du deuxième étage parce que je n'avais pas repassé sa chemise. Le chirurgien a dit que je boiterai à vie.*»

Suzanne V., 42 ans, Alès.

« Mon petit-fils a enfoncé un tisonnier rougi au feu dans mon chignon. Ma fille ne l'a même pas grondé. Quand elle a vu tous mes cheveux brûlés, elle a ri. »

Ginette S., 83 ans, Chalon-sur-Saône.

« Pendant mon sommeil, mon fils m'a collé une moustache avec de la cyanolite. Je ne peux plus sortir, j'ai dû abandonner mon métier d'hôtesse d'accueil. On va devoir me faire une intervention chirurgicale pour la retirer et une greffe de peau, m'a dit le professeur qui avait le fou rire. »

Odette B., 36 ans, Loos-les-Lille.

« Je suis enfermée dans ma chambre, je n'ose pas sortir, mon fils Baptiste m'attend devant la porte avec la carabine à plombs que je lui ai achetée pour Noël.
J'ai peur, au secours. »

Hélène F., 50 ans, Paris.

THE
FUCK YOU

Pourquoi les femmes et les enfants d'abord ?

La coutume veut que, lors d'un naufrage,
on sauve en priorité les femmes et les enfants.

D'où vient cette étrange coutume ?
Les femmes, c'est tout à fait normal,
ce sont elles qui font la cuisine,
mais pourquoi les enfants ?
J'aimerais qu'on m'explique ce privilège.
Au nom de quoi l'enfant, être totalement
inutile et souvent nuisible, serait préféré
à l'adulte ?

Imaginez un naufrage : le sauveteur qui n'a
que deux bras doit choisir de sauver l'enfant
qui braille plutôt que le bon père de famille

qui s'enfonce silencieusement dans les flots.
Est-ce normal ? Non, d'autant que l'enfant n'est pas toujours commode à attraper ; il ne va pas dans les bras de n'importe qui. Il risque de faire des difficultés, il va se débattre comme un diable, il peut griffer et mordre le brave sauveteur, et tout le monde sait que les morsures d'enfant sont parfois mortelles.

Mettez-vous à la place du sauveteur.
S'il sauve l'enfant, il aura une médaille, il passera à la télévision.
S'il sauve le père, il sera puni.

Comment faire cesser cette coutume barbare ?

Jetez vos enfants à la mer, avant le naufrage.
Vous aurez le sauveteur pour vous tout seul.

Une autre coutume barbare

Quand un accouchement se passait mal,
il y avait dans le corps médical une tradition terrible.
On ne tirait même pas à la courte paille
pour savoir si on sacrifiait la mère ou l'enfant.
On sacrifiait la mère.

Comment a cessé cette autre pratique barbare ?

Maintenant on demande l'avis du père.

Avis du père

« Un enfant je pourrai toujours en faire
un autre, mais une femme qui fait le ragoût
de mouton comme elle, j'en trouverai plus.
Le moule est cassé. »

Convention relative aux droits des parents

(Il existe bien une convention relative aux droits des enfants)

Les parents ont droit au respect, on ne doit pas les battre ni se foutre de leur gueule.
Les parents ont droit aux places assises.
Les parents ont droit à l'erreur.
Les parents ont le droit de choisir le programme de télé.
Les parents ont droit au plus gros morceau de gâteau.
Les parents ont droit au bonheur.
Les parents ont le droit de rire.
Les parents ont le droit d'en avoir marre de leurs enfants.

Monsieur et Madame Dupont
ont la joie de vous apprendre
la condamnation à
5 ans de prison de leur fils Thomas,
pour usage de stupéfiants.

DÉNONÇONS NOS ENFANTS À LA POLICE

Nos enfants adorent commettre des délits. Ils fument en cachette, et pas seulement du tabac. Ils savent que c'est interdit par la loi, vous le leur avez rappelé plusieurs fois, en vain. Ils vous rient au nez.

Passez à la vitesse supérieure, rira bien qui rira le dernier, dénoncez-les. Une lettre ou un coup de téléphone à la police peuvent faire l'affaire, mais soyez prudent. N'écrivez pas votre lettre à la main, téléphonez d'une cabine publique.

Après l'interpellation, jouez finement.
Faites semblant d'être accablé et de compatir.
Surtout pas de « Je t'avais bien prévenu ».
Savourez votre victoire en silence.

Doit-on rendre visite à ses enfants qui sont en prison ?

Oui, d'autant plus que c'est grâce
à vous qu'ils y sont.
Soyez conscient d'avoir fait
votre devoir, sachant que
ce que vous avez fait là,
c'est pour leur bien.

L'enfant et ses risques

Doit-on prêter de l'argent à ses enfants quand ils sont dans le besoin ?

Oui, mais il vous faut des garanties.
Demandez à voir les dernières fiches de paie.
Calculez les intérêts que vous donneriez à une banque et majorez de 1 %.
Il n'y a pas de raison de leur faire de cadeau.
Vous leur avez déjà fait le plus beau des cadeaux : la vie.

Les cadeaux, maintenant, ça suffit.

PEUT-ON ÊTRE RUINÉ PAR SES ENFANTS ?

Évidemment la chose arrive plus couramment qu'on ne le pense. Après une vie laborieuse et consciencieuse, sans fumer, sans boire, sans maîtresse, sans jouer au casino, le pauvre père a réussi, grâce à une gestion rigoureuse de son budget, à acheter un petit appartement coquet où il va pouvoir profiter de sa retraite avec sa femme.
C'était sans compter avec le fils.
Le fils, qui s'est lancé dans les affaires, qui a fait faillite, qui ne peut rembourser ses gros emprunts et qui a demandé à Papa.

Le brave père, une fois encore, a dit oui.
Le petit appartement coquet pour ses vieux jours, il va devoir le revendre. Il n'est pas sûr que cela va suffire, il faudra certainement revendre la voiture aussi, celle qu'il venait de s'offrir pour voyager avec sa femme maintenant qu'il est à la retraite.

Ne dites jamais à vos enfants
que vous les aimez,
ni où vous cachez votre argent.

PEUT-ON ALLER EN PRISON À CAUSE DE SES ENFANTS ?

Tout est possible dans notre époque,
une loi inique permet maintenant aux enfants de vous attaquer en justice pour toutes sortes de raisons.
Votre enfant veut une troisième glace à la vanille, vous refusez.
Il trouve son scooter vieux et démodé, il veut le dernier modèle.
Il trouve que l'argent de poche que vous lui donnez tandis qu'il poursuit ses études n'est pas suffisant.
Il appelle son avocat, il porte plainte.

Il trouve qu'il a le nez trop long, qu'il a l'air bête, il prétend que vous l'avez loupé.
Il vous attaque, vous le géniteur, pour malfaçon.
Il va prouver avec mauvaise foi, des certificats de complaisance et un avocat véreux, que son long nez et son air bête compromettent sa vie professionnelle et sentimentale et il va vous demander réparation pour le préjudice subi.
Vous aurez beau affirmer que vous ne l'avez pas fait exprès, qu'à l'époque la pilule n'existait pas. Vous pourrez prouver que vous aussi avez un long nez mais que ça ne vous empêche pas de vivre normalement et même d'avoir des enfants.
Au regard de la justice, ces arguments ne comptent pas, vous devrez vous exécuter.
À moins que vous ne préfériez être exécuté par vos enfants...

D'où l'urgence de s'assurer.

Peut-on s'assurer contre ses enfants ?

Aujourd'hui, on s'assure contre tout :
la maladie, le vol, l'incendie, les inondations,
l'orage, la grêle, les tornades, les accidents,
la mort...
Enfin, tout ce qui peut causer des dommages.
Pourquoi ne s'assurerait-on pas contre l'enfant ?
Renseignez-vous sur l'assurance Chef
de famille et essayez d'obtenir le classement
de votre enfant en catastrophe naturelle.

Pièces à fournir pour la demande de déclaration de votre fils (fille) en catastrophe naturelle.

– Le formulaire de la C.A.T.A.N.A.T. rempli par le demandeur.
– Un certificat de naissance de votre fils (fille).
– La liste de tous les dommages que votre fils (fille) a causés depuis sa naissance (avec constat d'huissier et photos).
– Toutes factures et devis afférents aux dommages causés.
– Pour les véhicules automobiles détruits vous devez joindre la carte grise.
– Pour les biens immobiliers incendiés (s'il s'agit de l'habitation principale) vous devez joindre la référence de la taxe d'habitation.
– Une déclaration sur l'honneur attestant que c'est votre premier enfant pour lequel vous demandez le classement en catastrophe naturelle. (Un seul enfant par famille est autorisé.)
– Un certificat de moralité du père et de la mère.

Une fois le dossier rempli, vous devez le déposer à la mairie du lieu de naissance de l'enfant qui le transmettra à la C.A.T.A.N.A.T.

Si la demande est acceptée, vous recevrez un certificat et le badge officiel « CATASTROPHE NATURELLE » que vous devez impérativement faire porter à votre fils (fille). La présentation du certificat vous permettra à l'avenir d'être indemnisé pour tous les dégâts causés par votre enfant.

La fête des pères

Le père plus petit que son fils

Il y a beaucoup de moments pénibles dans la vie d'un père, mais le plus terrible est certainement quand il devient plus petit que son fils.
Écrasé par une vie de labeur et de soucis, le père se voûte, il rapetisse.
Pendant ce temps, l'enfant grandit.
Il arrive à 1,90 m.
Il peut regarder son père de haut.

C'est une grosse humiliation pour le père.
Il ne peut même plus le gifler, à moins de monter sur une chaise.

Fais pas de bruit, tu vas réveiller le petit

Cette phrase, le pauvre père l'entend tous les matins, à 6 heures, quand il prépare son café et qu'il voudrait écouter les nouvelles dans le poste.
Il se lève tôt le père, il doit aller à l'usine.
Il faut bien nourrir le petit.
Ça mange beaucoup un petit.
Surtout quand ça mesure 1,90 m.
Le petit, il a trente ans.
Il pionce avec sa copine jusqu'à midi.
Parce qu'il se couche tard le petit, il sort tous les soirs, il rentre rarement avant 4 heures.
Alors le matin faut bien qu'il récupère.

Le père, il se lève tôt.
Il a vingt-cinq minutes de marche pour aller à la gare. Il ne prend pas sa voiture parce que le petit, il en a besoin l'après-midi, pour promener sa copine.
Le père, il en a parfois un peu marre, et il se révolte.

Il fait exprès de faire du bruit avec sa cuiller en remuant fort son café. Il le fait pas longtemps, parce que sa femme, elle le regarde avec un air méchant et il veut pas d'histoire.

Mais le pire, le vraiment pire, c'est quand son fils, qui s'est réveillé, le regarde de sa fenêtre partir au boulot.
Il ne veut pas se retourner. Il sent dans son dos qu'on se fout de sa gueule.
Alors il presse le pas.
Il se sent de plus en plus le pigeon.
Il aurait bien envie de s'envoler.

Ne jetez pas l'eau du bain,
jetez seulement le bébé.

Le bain du dimanche

Le père attend avec impatience le dimanche,
parce que le dimanche il a son temps,
il peut prendre un bain, il aime écouter
la radio dans son bain.
Le week-end dernier, la copine du petit est
restée toute la matinée dans la salle de bains,
elle prenait un bain avec de l'argile. Quand
elle a eu fini, il n'a pas pu prendre de bain,
la baignoire était bouchée, à cause de l'argile.
Il s'est contenté d'une douche.
Il a gagné du temps, pour pouvoir regarder
le match Lille-Lens qu'il a enregistré.
Mais il n'a pas pu.
Le magnétoscope n'est plus dans le salon,
le petit l'a emporté dans sa chambre.
Il peut pas aller le récupérer, parce qu'il
réveillerait le petit.

Les petits-enfants

Les petits-enfants

Votre fils vient enfin de quitter le domicile familial. Il avait la trentaine bien sonnée. Vous allez pouvoir enfin profiter d'une retraite tranquille... Eh bien non, c'est pas fini. Avoir des enfants c'est une chose, on ne l'a pas toujours fait exprès, mais il faut savoir que les enfants que vous avez faits risquent eux aussi de faire des enfants.

Votre fils a rencontré une fille charmante, ils sont heureux ensemble et, comme vous à leur âge, poussés par l'instinct de reproduction, ils veulent des enfants.
Le cauchemar n'est pas terminé.
Les petits-enfants arrivent.

À LA MATERNITÉ, CACHEZ VOTRE JOIE

Vous voilà grand-père.
Votre fille vient d'accoucher de son premier enfant. Elle vous a dit que c'était le plus beau bébé du monde.
Vous allez le voir à la maternité.
Penchez-vous sur le berceau, prenez un air de dégoût. Mieux encore, simulez un haut-le-cœur. Éloignez-vous rapidement du berceau en mettant la main devant la bouche et demandez où sont les toilettes.
Selon toute vraisemblance, votre fille devrait s'effondrer en sanglots.
Consolez-la en lui disant que l'important, c'est qu'il ait une bonne santé et qu'il soit blanc.

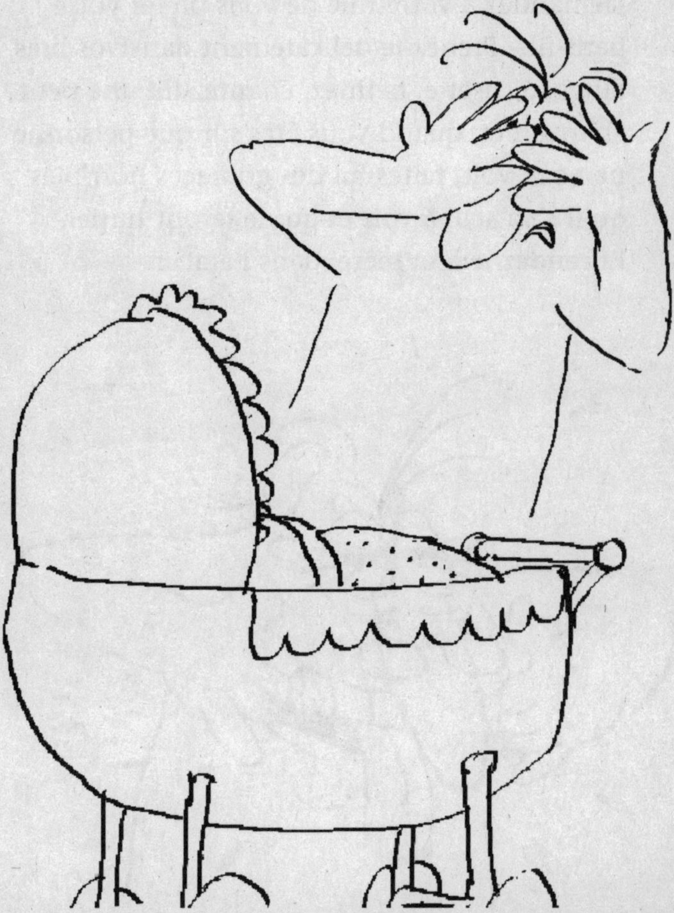

Apprenez à pouponner

Demandez à votre fille de vous prêter votre petit-fils. Prenez-le délicatement dans vos bras, faites-lui risette, bêtifiez, chantez-lui une petite chanson et, quand vous êtes sûr que personne ne vous voit, faites-lui des grimaces horribles qu'il sera seul à voir et qui le feront hurler.
Et rendez-le à sa mère, dans l'état.

Apprenez à parler à votre petit-fils

Votre petit-fils est en âge de parler, il est capable de répéter les mots qu'il entend, c'est le moment de lui apprendre quelques gros mots.

Un conseil, commencez par les mots d'une syllabe qu'il pourra mémoriser plus facilement...
Attendez un peu avant de lui apprendre les mots à plusieurs syllabes.
N'oubliez pas qu'enculé compte trois syllabes.

Pour éviter les longs séjours de vos enfants et petits-enfants chez vous

Vos enfants et petits-enfants sont venus dans votre maison de campagne, dire bonjour.
Au départ, il s'agissait d'une petite visite, ils devaient partir avant le déjeuner.
Mais finalement ça dure.
Votre fils est allé dans la cuisine soulever les couvercles des casseroles et il a dit « Ça sent bon ».
Votre femme, émue, lui a proposé alors de rester manger. Et il a accepté.
Gardez votre sang froid, voici quelques suggestions pour écourter leur séjour.

À TABLE

N'oubliez jamais que votre fille Florence n'aime pas les lentilles, votre fils François déteste les épinards, Xavier a horreur des moules et Delphine ne supporte pas les œufs…
Ayez la précaution de noter sur un carnet tout ce que vos enfants n'aiment pas.
Pour ne pas oublier, quand ils viendront chez vous, de le leur servir.
C'est la seule façon de s'assurer qu'ils ne restent pas dîner.
Ils vont avoir peur de manger les restes.

Les loisirs

Ne faites pas de piscine dans votre jardin. Ou alors une piscine très profonde et très dangereuse, avec des requins ou des crocodiles au fond.

La chambre

Le soir, pour vous rajeunir, empruntez la mobylette de votre petit-fils et, pour vous détendre, faites le tour du pâté de maisons. Passez chaque fois devant la fenêtre de la chambre de votre fils. Vérifiez que le pot d'échappement a bien été retiré.

Ne jetez pas vos vieux sommiers ou vos matelas défoncés. Gardez-les pour la chambre que vous destinez à vos enfants… Il est vraisemblable qu'après

une très mauvaise nuit, et un mal de rein carabiné, ils songeront à retrouver rapidement leur bon lit.
Quand ils vous annoncent la bonne nouvelle, contenez votre joie de les voir partir, dites seulement « dommage » avec un air triste.

L'enfant est-il un cadeau ?

Lettre envoyée à Dieu par un père de famille nombreuse

Cher Dieu,

Il y a dix ans, ma femme et moi on te remerciait pour la venue de notre premier garçon, on l'avait appelé Jésus en ton honneur.
Mais maintenant, au onzième, on a envie de te dire « arrête c'est trop ». Tes cadeaux on n'en veut plus.
Le douzième tu peux mettre une croix dessus.
Garde-le pour les autres, nous ça va, on a notre dose. Je te préviens, si ça continue je m'inscris au parti communiste.

Cordialement.

L'enfant est un cadeau de Dieu,
il tombe du ciel. Comme les tuiles.

MADAME EST SERVIE

La femme est unipare, elle donne naissance à un seul enfant à la fois. Pourtant il arrive que certaines mères malchanceuses aient plusieurs enfants à la fois :
Deux, on les appelle jumeaux ou paire.
Trois, on les appelle triplés ou brelan.
Quatre, on les appelle quadruplés ou carré (rarement d'as).
Cinq, on les appelle quintuplés ou quinte, à condition qu'ils soient de la même couleur (ce qui est souvent le cas).
À la différence du poker, au jeu des familles, plus on a de grosses cartes plus on perd.

On comprend mieux pourquoi la mère des quadruplés, à qui son mari propose de nouvelles cartes, dise : merci, servie.
Il faut reconnaître qu'elle est bien servie.
Si la naissance d'un enfant est toujours un événement pénible, la naissance de plusieurs dépasse le seuil du supportable.
« Un malheur n'arrive jamais seul », a coutume de dire pour plaisanter le père des quadruplés.
Le président de la République a beau venir avec un bouquet de fleurs consoler la mère, rien n'y fait.
Les jeux sont faits.
Rien ne va plus.

En cas de divorce

Le divorce est toujours une épreuve délicate pour un couple, il faut faire très attention, faire preuve de beaucoup d'humanité et de sensibilité, surtout quand il y a des enfants. Certains parents pressés n'ont pas toujours la patience d'attendre que tous leurs enfants soient morts pour divorcer...

C'est toujours à propos de la garde des enfants qu'on assiste à des scènes très pénibles. Les parents se déchirent, les mères surtout sont féroces, comme des lionnes.

Il faut savoir que, dans un divorce, il y a un gagnant et un perdant. Le gagnant du divorce est évidemment celui qui échappe à la garde des enfants. Il quitte le palais de justice, la tête haute, libre. L'autre, celui qui a perdu, est condamné à la garde des enfants. Il sort du palais de justice beaucoup plus tard, la tête basse, les bras chargés. Le petit dernier a voulu aller

faire pipi, puis il a voulu un gâteau, puis il est tombé dans l'escalier, puis il a perdu son doudou, puis il a reçu une claque.
Celui qui a perdu est à bout de nerfs. Il sait qu'il en a pris, au bas mot, pour trente ans.

Lors d'un divorce,
ne vous laissez pas refiler le bébé.

L'enfant collant

L'enfant est le ciment du couple.
Au début il est frais,
mais avec le temps il durcit,
on n'arrive plus à le décoller.

L'enfant est collant, mieux que la Superglu. On voit couramment des enfants de plus de trente ans qu'on n'arrive pas à décoller du domicile familial.

Que faire quand un enfant s'incruste et ne veut pas quitter le domicile familial ?

Le conseil du psychologue

Murez sa chambre, avec lui dedans.

L'enfant est un cadeau empoisonné

Il vous casse les pieds, les bonbons, la tête,
le vase chinois, la bergère Louis XV,
la porte du garage, votre voiture,
le magnétoscope... L'enfant casse tout.

On lui pardonnerait tout, s'il avait au moins une bonne idée.

Celle de se casser...

Conclusion

Tout ça c'était pour dire
qu'on les aime bien
surtout quand ils s'en vont.

Pas trop loin...

Table des matières

Du même auteur

Grammaire française et impertinente
Payot, 1992

Arithmétique appliquée et impertinente
Payot, 1993

Le Pense-Bêtes de saint François d'Assise
Le Pré-aux-Clercs, 1983 ; Payot, 1994

Peinture à l'huile et au vinaigre
Payot, 1994

Le Curriculum vitae de Dieu
Seuil, 1995

Le Pain des Français
Seuil, 1996

Sciences naturelles et impertinences
Payot, 1996

Je vais t'apprendre la politesse, p'tit con
Payot, 1998

Il a jamais tué personne, mon papa
Stock, 1999

La Noiraude
Encore la Noiraude
Pas folle la Noiraude
Stock, 1999/2000/2001

Roulez jeunesse
Payot, 2000

J'irai pas en enfer
Stock, 2001

Composition réalisée par INTERLIGNE

IMPRIMÉ EN ESPAGNE PAR LIBERDUPLEX
Barcelone
Dépôt légal éditeur : 42293-03/2004
Librairie Générale Française - 43, quai de Grenelle - 75015 Paris.

ISBN : 2-253-07263-X 30/3069/9